Sotterranei
174

Jennifer Egan
Scatola nera

© Jennifer Egan, 2012
© minimum fax, 2013
Tutti i diritti riservati

Edizioni minimum fax
piazzale di Ponte Milvio, 28 – 00135 Roma
tel. 06.3336545 / 06.3336553 – fax 06.3336385
info@minimumfax.com
www.minimumfax.com

I edizione: ottobre 2013
ISBN 978-88-7521-538-5

Composizione tipografica:
Sabon (Jan Tschichold, 1967) per gli interni
Trade Gothic (Jackson Burke, 1948) e Filosofia (Zuzana Licko, 1996) per la copertina

Jennifer Egan

Scatola nera

traduzione di
Matteo Colombo

minimum fax

INTRODUZIONE*

Nella scrittura di *Scatola nera* sono confluiti vari miei interessi narrativi di lunga data. Il primo riguarda la narrazione in forma di elenco: storie che sembrano raccontate inavvertitamente, attraverso gli appunti che un narratore prende per se stesso o se stessa. Il titolo provvisorio di questo racconto era *Lezioni apprese*, e la mia speranza quella di raccontare una storia la cui forma affiorasse dalle lezioni che la voce narrante avrebbe ricavato da ogni passaggio dell'azione, anziché dalla descrizione dell'azione stessa. Un altro mio obiettivo a lungo termine era quello di prendere il personaggio di un racconto naturalista e accompagnarlo in un genere letterario diverso. A mettermi in testa quest'idea è stato David Wiesner, con il suo spettacolare libro illustrato metanarrativo *The Three Pigs*, nel

* Pubblicata originariamente il 24 marzo 2012 sull'edizione online del *New Yorker*.

quale i tre porcellini si muovono tra storie disegnate in stili completamente diversi, modificando il proprio aspetto in base allo stile del mondo in cui entrano. Mi chiedevo se fosse possibile fare qualcosa di analogo con un personaggio del mio romanzo *Il tempo è un bastardo*: crearne una versione fumettistica, per esempio. Oppure, come in questo caso, una versione da thriller di spionaggio. Riflettevo anche su come raccontare una storia la cui struttura si prestasse a essere suddivisa in capitoli su Twitter. Come idea non è certo nuova, eppure è ricca, per via dell'intimità che si crea raggiungendo le persone tramite i loro telefoni, e per la poesia che può talvolta scaturire da centoquaranta caratteri. Mi sono ritrovata a immaginare una serie di succinti comunicati mentali trasmessi da una spia del futuro, in missione sotto mentite spoglie sulle rive del mar Mediterraneo. Ho scritto questi bollettini a mano, su un taccuino giapponese che aveva otto riquadri per pagina. Inizialmente il racconto era lungo quasi il doppio. Mi ci è voluto un anno, lavorandoci a fasi alterne, per riuscire a dominare e calibrare il materiale in modo da renderlo quello che è oggi *Scatola nera*.

Jennifer Egan

Scatola nera

1.

È raro che la gente abbia l'aspetto che credevi, anche quando l'hai già vista in fotografia.

I primi trenta secondi in presenza di una persona sono i più importanti.

Se hai problemi a percepire e proiettare, concentrati sul proiettare.

Ingredienti necessari per una proiezione riuscita: risatine, gambe scoperte, timidezza.

L'obiettivo è risultare al tempo stesso irresistibile e invisibile.

Quando ci riesci, dallo sguardo di lui scompare l'abituale velo di durezza.

2.

Alcuni uomini potenti chiamano effettivamente le loro bellezze «bellezza».

Diversamente da quanto si crede, esiste tra le bellezze un profondo senso di cameratismo.

Se il Partner Designato è molto temuto, alla festa dove andrai a conoscerlo in incognito le altre bellezze saranno particolarmente gentili.

La gentilezza è sempre gradevole, anche quando si basa su una nozione falsa della tua identità e dei tuoi obiettivi.

3.

Il ruolo di bellezza implica il non poter leggere ciò che vorresti leggere su una spiaggia di scogli nel sud della Francia.

La luce del sole sulla pelle nuda può nutrire quanto il cibo.

Anche un uomo potente vivrà un attimo di imbarazzo, spogliandosi e rimanendo in costume da bagno davanti a te per la prima volta.

È tecnicamente impossibile che un uomo stia meglio in costume a slip che con un paio di boxer.

Se la persona che ami ha la pelle scura, alla pelle bianca ti sembrerà che manchi un che di vitale.

4.

Se di una persona sai che è violenta e spietata, vedrai violenza e spietatezza anche in gesti semplici come una bracciata di nuoto.

Un «Cosa fai?» detto dal Partner Designato in mezzo alle onde dopo che ti ha seguito in acqua può tradire o meno sospetto.

La tua risposta – «Nuoto» – può essere o meno percepita come sarcastica.

«Ci facciamo una nuotata fino a quegli scogli?» può essere o meno una domanda.

Un «Fin laggiù?» può, se pronunciato correttamente, dare un'impressione d'ingenuità.

Il suo «Lì non ci vede nessuno» può risultare improvvisamente inquietante.

5.

Trenta metri di Mediterraneo nero-blu ti daranno tutto il tempo per impartirti mentalmente una corposa lezione.

In momenti del genere, può essere utile ripassare uno a uno i principi dell'addestramento:

«Vi infiltrerete nelle vite dei criminali.

«Sarete costantemente in pericolo.

«Alcune di voi non sopravviveranno, ma le altre diventeranno eroine.

«Alcune di voi salveranno delle vite e addirittura cambieranno il corso della storia.

«A voi chiediamo un connubio di tratti impossibile: principi d'acciaio e disponibilità a violarli;

«Un amore incrollabile per il vostro paese e la disponibilità a fraternizzare con individui che operano attivamente per distruggerlo;

«Un istinto e un intuito da esperte uniti al passato innocente e alla freschezza autentica di una ragazzina ingenua.

«Ciascuna di voi svolgerà questo servizio una volta soltanto, dopodiché tornerà alla sua vita.

«Non possiamo garantirvi che, una volta che ci tornate, le vostre vite saranno esattamente uguali a prima».

6.

Puoi esprimere disponibilità e arrendevolezza anche nel modo in cui dal mare riemergi sugli scogli calcarei giallini.

«Nuoti velocissimo», detto da un uomo ancora in acqua, può non essere un complimento.

Talvolta una risatina è meglio di una risposta.

«Sei troppo carina» può invece essere detto in modo sincero.

Così come «Ho voglia di scoparti».

Un «Be'? Che ne dici?» suggerisce una predilezione per le risposte verbali rispetto alle risatine.

«Mi piace» va pronunciato con un entusiasmo sufficiente a compensarne la scarsa coloritura espressiva.

«Non mi sembri convinta» indica che l'entusiasmo non era sufficiente.

«Non lo sono» è accettabile solo se seguito da un malizioso «Devi convincermi tu».

Piegando all'indietro la testa e chiudendo gli occhi puoi sembrare sessualmente disponibile e insieme nascondere il disgusto.

7.

Trovarti da sola con un uomo violento e senza scrupoli, circondata dall'acqua, può farti sembrare la spiaggia molto lontana.

Potresti sentirti solidale, in un momento del genere, con le bellezze in bikini sgargianti che si intravedono appena in lontananza.

Potresti renderti conto, in un momento del genere, del perché il tuo lavoro non sia retribuito.

Il tuo essere una volontaria è la più nobile forma di patriottismo.

Ricorda che non ti pagano quando lui esce dall'acqua e con passo pesante si incammina verso di te.

Ricorda che non ti pagano quanto lui ti porta dietro una roccia e ti fa sedere sulle sue ginocchia.

La Tecnica Dissociativa è come un paracadute: la cordicella va tirata al momento giusto.

Se la tiri troppo presto, rischi di compromettere la tua funzionalità in un momento cruciale.

Se la tiri troppo tardi, sarai già troppo immersa nell'azione per riuscire a estraniarti.

Sarai tentata di tirarla quando lui ti cingerà con le braccia, che così massicce e forti ti ricorderanno per un attimo quelle di tuo marito.

Sarai tentata di tirarla quando in basso comincerai a sentirlo muoversi contro di te.

Sarai tentata di tirarla quando ti avvolgerà il suo odore: metallico, come una manciata di monete in un palmo caldo.

L'istruzione «Rilassati» indica che il tuo disagio è palpabile.

«Non ci vede nessuno» indica che il tuo disagio è stato interpretato come timore di essere fisicamente esposta.

Un «Rilassati, rilassati», ripetuto ritmicamente e in tono gutturale, indica che il tuo disagio non è del tutto sgradito.

8.

Avvia la Tecnica Dissociativa solo nell'imminenza della penetrazione.

Chiudendo gli occhi, conta lentamente all'indietro partendo da 10.

Numero dopo numero, immagina di sollevarti fuori dal tuo corpo e scostarti di un passo.

All'otto, devi librarti appena fuori dalla tua pelle.

Al cinque, devi sorvolare il tuo corpo da un'altezza di 30/50 cm, provando solo una vaga apprensione per quanto sta per accadergli.

Al tre, devi sentirti completamente distaccata dalla tua persona fisica.

Al due, il tuo corpo deve essere in grado di agire e reagire senza la tua partecipazione.

All'uno, la tua mente deve veleggiare così libera da perdere di vista ciò che sta accadendo in basso.

Nuvole bianche scorrono arricciandosi.

Un cielo azzurro è insondabile come il mare.

Il rumore delle onde sugli scogli esisteva millenni prima che nascessero creature in grado di sentirlo.

Speroni e squarci di roccia raccontano di una violenza che la terra stessa ha da lungo tempo scordato.

La tua mente si ricongiungerà al corpo quando potrà farlo in tutta sicurezza.

9.

Rientra nel corpo con attenzione, come rientrando in casa tua dopo un uragano.

Resisti alla tentazione di ricostruire quanto appena accaduto.

Concentrati invece sul misurare la reazione del Partner Designato alla nuova intimità che si è creata tra di voi.

In alcuni uomini, l'intimità provoca un atteggiamento più freddo e distaccato.

In altri, l'intimità può risvegliare una problematica curiosità nei tuoi confronti.

Un «Dove hai imparato a nuotare così?» pronunciato con indolenza, da supino, mentre ti passa due dita tra i capelli, denota curiosità.

Di' la verità senza essere precisa.

«Sono cresciuta in riva a un lago» è al tempo stesso vero e vago.

«Un lago dove?» esprime insoddisfazione per la tua vaghezza.

«Columbia County, New York» suggerisce precisione e al tempo stesso la evita.

«Manhattan?» tradisce scarsa dimestichezza con la geografia dello stato di New York.

Mai contraddire il proprio Partner Designato.

Chiedere «Tu dove sei cresciuto?» a un uomo che ti ha appena fatto la stessa domanda è pratica nota come «emulazione».

Sforzati di emulare atteggiamenti, interessi, desideri e gusti del Partner Designato.

Il tuo obiettivo è diventare parte dell'atmosfera che lo circonda: una fonte di benessere e conforto.

Soltanto allora lui abbasserà la guardia in tua presenza.

Soltanto allora intratterrà conversazioni importanti quando anche tu potrai sentirle.

Soltanto allora lascerà i suoi effetti personali accessibili e incustoditi.

Soltanto allora potrai iniziare a raccogliere informazioni in modo sistematico.

10.

Un «Dai, torniamo» pronunciato in modo brusco indica che il Partner Designato non desidera parlare di sé più di quanto lo desideri tu.

Resisti alla tentazione di analizzare i suoi stati d'animo e i suoi capricci.

L'acqua salata ha un effetto purificante.

11.

Leggerai la consapevolezza della nuova intimità nata tra te e il Partner Designato negli sguardi di tutte le bellezze sulla spiaggia.

«Vi abbiamo tenuto da parte il pranzo» può essere o meno un'allusione al motivo della vostra assenza.

Il pesce freddo non è invitante, nemmeno se servito in una buona salsa al limone.

Con le altre bellezze devi essere gentile, ma non premurosa.

Quando conversi con una bellezza, è essenziale che tu non venga percepita né come superiore, né come inferiore a lei.

Sii sincera su ogni aspetto della tua vita escluso il matrimonio (se sei sposata).

Se sei sposata, di' che tu e il tuo coniuge avete divorziato, per dare un'impressione di assoluta libertà.

«Oh, ma che peccato!» indica che alla bellezza con cui stai chiacchierando piacerebbe sposarsi.

12.

Se il Partner Designato svolta bruscamente verso la villa, seguilo.

Prendergli la mano sorridendo amabilmente può creare un senso di contenuta partecipazione.

Un sorriso distratto da parte sua, come se avesse dimenticato chi sei, può essere indice di preoccupazioni stringenti.

Le preoccupazioni del Partner Designato sono anche le tue preoccupazioni.

La stanza assegnata a un uomo potente sarà più lussuosa di quella in cui hai dormito attendendo il suo arrivo.

Mai cercare telecamere nascoste: l'atto di cercare ti tradirebbe.

Appura se il Partner Designato sia alla ricerca di intimità fisica; in caso contrario, fingi di voler fare un sonnellino.

Il tuo sonno simulato gli darà la sensazione di trovarsi da solo.

Raggomitolarsi sotto le lenzuola, anche se appartengono a un soggetto nemico, può essere confortante.

Con gli occhi chiusi, è più probabile che tu senta la vibrazione del suo cellulare.

13.

Il rumore di una porta che scorre segnala il suo desiderio di rispondere alla telefonata sul balcone.

Le conversazioni importanti di un Partner Designato avvengono sempre all'aperto.

Se sei in grado di udire la sua conversazione, registrala.

Poiché le bellezze non fanno uso di borsette né di orologi, ti sarà impossibile trasportare apparecchi di registrazione in modo discreto.

Appena oltre la prima curva del tuo canale uditivo destro, ti è stato impiantato un microfono.

Per attivare il microfono è sufficiente premere il triangolo di cartilagine che sormonta l'apertura dell'orecchio.

All'avvio della registrazione, sentirai un leggero sibilo.

Nel silenzio assoluto, o per una persona con la testa adiacente alla tua, questo sibilo potrebbe essere udibile.

Qualora il sibilo fosse avvertito, colpisciti l'orecchio come per scacciare una zanzara, premendo la cartilagine che disattiva il microfono.

Non è necessario che tu riconosca né capisca la lingua parlata dal tuo soggetto.

Il tuo compito è la vicinanza; se sei vicino al Partner Designato e registri le sue conversazioni private, lo stai svolgendo con successo.

Le parolacce suonano allo stesso modo in tutte le lingue.

Un soggetto arrabbiato baderà meno a come parla.

14.

Se il soggetto è arrabbiato, puoi lasciare la posizione mimetica e avvicinarti il più possibile per migliorare la qualità di registrazione.

Nel farlo, potresti provare paura.

Le tue pulsazioni accelerate non verranno registrate.

Se il Partner Designato si trova in piedi su un balcone, soffermati sulla porta esattamente alle sue spalle.

Se lui si volta e ti scopre, fingi che ti abbia sorpreso mentre ti avvicinavi a lui.

Solitamente, la rabbia prevale sul sospetto.

Se il soggetto ti passa accanto bruscamente ed esce dalla stanza sbattendo la porta, sei riuscita a non farti scoprire.

15.

Se il Partner Designato si allontana da te per la seconda volta, evita di seguirlo nuovamente.

Disattiva il microfono auricolare e riprendi il tuo «sonnellino».

Un breve riposo può essere il momento giusto per rassicurare i tuoi cari.

Le comunicazioni articolate sono troppo facilmente monitorabili dal nemico.

Il tuo Generatore di Impulsi Subcutaneo emette segnali così generici che, anche se individuati, non rivelerebbero né la fonte, né l'intento.

Dietro il legamento interno del tuo ginocchio destro (per chi usa la mano destra) è impiantato un pulsante.

Premendolo due volte, segnalerai ai tuoi cari che stai bene e che li pensi.

Questo segnale si può inviare soltanto una volta al giorno.

Premendo il pulsante a lungo, si segnala un'emergenza.

Starà a te stabilire, di giorno in giorno, quale sia il momento migliore per inviare il segnale.

Rifletterai sul fatto che tuo marito, venendo da una cultura improntata alla fedeltà tribale, comprende e applaude il tuo patriottismo.

Rifletterai sulla vita ritirata e felice che tu e lui condividete dai tempi dell'università.

Rifletterai sul fatto che l'America è il paese che tuo marito ha scelto e che ama.

Rifletterai sul fatto che in qualsiasi altro paese l'ascesa al successo di tuo marito sarebbe stata inimmaginabile.

Rifletterai sulla vostra comune convinzione che il tuo servizio avrebbe dovuto svolgersi prima di avere dei figli.

Rifletterai sul fatto che hai 33 anni, e che hai passato l'intera tua vita professionale ad alimentare mode musicali.

Rifletterai sul fatto che, tornando a casa, dovrai essere la stessa persona che eri quando sei partita.

Rifletterai sul fatto che ti hanno garantito che non sarai più la stessa persona.

Rifletterai sul fatto che hai smesso di essere quella persona ancora prima di partire.

Rifletterai sul fatto che è inutile riflettere troppo.

Rifletterai sul fatto che queste «istruzioni» si stanno facendo sempre meno istruttive.

In un chip impiantato sotto l'attaccatura dei tuoi capelli, vengono archiviati i tuoi Appunti Operativi.

Tali appunti fungeranno da registro della missione e insieme da guida per altre che intraprenderanno questo lavoro.

Per avviare la registrazione, devi premere il pollice sinistro (se sei destra) contro il polpastrello del medio sinistro.

Per ottenere risultati più chiari, pronuncia mentalmente i pensieri come se parlassi con te stessa.

Filtra sempre osservazioni ed esperienze attraverso la lente del loro valore didattico.

Il tuo è un addestramento *in progress*: ogni passo che compi deve insegnarti qualcosa.

A missione completata, potrai visionare i risultati del download prima di allegare gli Appunti Operativi al file della missione.

Qualora si siano intromessi pensieri casuali o personali, potrai cancellarli.

16.

Simulare il sonno può farti addormentare davvero. Dormire è rigenerante quasi in ogni circostanza.

Il rumore di una doccia indica il probabile ritorno del Partner Designato.

Da una bellezza ci si aspetta che torni in camera a cambiarsi con frequenza. Presentarsi a tavola con un aspetto rinfrescato è essenziale.

L'obiettivo è essere una sorpresa continua, leggiadra e innocua.

Un leggero prendisole bianco sulla pelle abbronzata è da molti considerato attraente.

Evita i colori troppo accesi: attirano l'attenzione e rendono difficile mimetizzarsi.

Il bianco non è, tecnicamente, un colore acceso.

Il bianco è, tuttavia, pur sempre bianco.

Dei sandali dorati col tacco a spillo possono ostacolarti nella corsa o nel salto, ma stanno bene sui piedi abbronzati.

A trentatré anni si è ancora abbastanza giovani da essere percepite come «giovani».

Essere percepito come «giovane» risulta particolarmente gradito a chi potrebbe non essere percepito come «giovane» ancora per molto.

Se il Partner Designato ti porta a cena cingendoti la vita con un braccio, puoi dedurne che il cambio d'abito ha funzionato.

17.

Quando gli uomini cominciano a parlare di cose serie, le bellezze rimangono per conto loro.

«E da quant'è che sei divorziata?» denota il desiderio di riprendere una conversazione precedente.

«Qualche mese», se falso, va pronunciato senza incrociare lo sguardo dell'interlocutrice.

Alla domanda «Com'era tuo marito?» puoi rispondere in modo sincero.

«Africano. Del Kenya» soddisferà il desiderio che hai di parlare di tuo marito.

La domanda «Nero?» pronunciata inarcando un sopracciglio può indicare razzismo.

Un compassato «Sì, nero» dovrebbe essere percepito come gentile rimprovero.

«Nero quanto?» indica che così non è stato.

«Molto» suona un po' meno gentile, specie se accompagnato da uno sguardo tagliente.

«Bello» lascia pensare a un'esperienza di prima mano.

«Sì, è bello» contraddice il presunto divorzio. «Era bello» rappresenta una correzione accettabile.

Un «Ma non abbastanza?» accompagnato da una risata denota intimità cordiale. Specie se seguito da: «Oppure troppo bello!»

18.

Coloro che organizzano una festa in casa propria sono universalmente ansiosi di vedere gli ospiti mangiare.

Per le bellezze, il richiamo del cibo è quasi sempre pericoloso. Avendo tu un mandato limitato, potrai mangiare ciò che desideri.

Il piccione si consuma aprendolo a metà con le mani e succhiando la carne dalle ossa.

Un'espressione stupita rivela che il padrone di casa si aspettava usassi le posate.

Un padrone di casa abituato a ricevere ospiti violenti darà per scontata la necessità di essere discreto.

La vicinanza della sedia del padrone di casa alla tua può far presagire confidenze.

Il tuo compito è apparire sprovveduta, ed essere ritenuta degna di una confidenza può indicare che l'hai fallito.

Bisognerebbe sempre lavarsi i denti, prima di cena.

Rivolgere l'orecchio alla bocca dell'ospite ti eviterà di dover sentire l'odore del suo alito.

Le orecchie vanno sempre tenute pulite.

Se l'ospite ti avverte che il Partner Designato rappresenta per te un pericolo, è probabile che in quel momento il P.D. si sia allontanato.

19.

Andare in bagno è il modo più efficace per svincolarsi.

Mai tradire urgenza, nemmeno in un corridoio vuoto.

Se non sai in che direzione sia andato il Partner Designato, rimani ferma.

Se ti ritrovi accanto a una porta a vetri, puoi aprirla e uscire all'esterno.

Nel sud della Francia, le notti sono di un blu strano, scuro e penetrante.

Una luna molto luminosa può sempre sorprendere, per quante volte tu l'abbia vista.

Se da bambina ti piaceva la luna, guardare la luna ti ricorderà per sempre l'infanzia.

Una bambina senza il padre può investire la luna di un certo carattere paterno.

Un padre ce l'hanno tutti.

Una spiegazione vaga come «Tuo padre è morto prima che tu nascessi» può accontentare una bambina curiosa per un numero di anni sorprendente.

La verità su tuo padre, scoperta in età adulta, getterà sulla bugia una luce retroattiva di ridicolo.

Può succedere che gli uffici stampa delle star del cinema abbiano relazioni con i loro clienti.

Scoprire che sei figlia di una star del cinema non è necessariamente una consolazione.

Non consola soprattutto quando la star in questione ha altri sette figli da tre diversi matrimoni.

Scoprire che tuo padre è una star del cinema può spingerti alla visione di oltre 60 film, partendo dall'inizio della sua carriera.

Può capitarti di pensare, guardando questi film: Tu non sai che esisto, eppure eccomi qui.

Può capitarti di pensare, guardando questi film: Per te sono invisibile, eppure eccomi qui.

Un improvviso riconfigurarsi del tuo passato può mutare la percezione che hai della tua età adulta.

Può creare una frattura insanabile tra te e quella madre il cui unico obiettivo è sempre stato la tua felicità.

Se anche tuo marito in vita sua si è molto trasformato, comprenderà la tua trasformazione.

Evita di riflettere troppo su te stessa: il tuo compito è guardarti intorno, non dentro.

20.

«Eccoti qua», sussurrato dal Partner Designato alle tue spalle, indica che ti stava cercando.

Rimanere fermi può essere talvolta più efficace che mettersi attivamente alla ricerca di qualcuno.

Un «Vieni» pronunciato a bassa voce può comunicare un rinnovato desiderio di contatto intimo.

Il volto placido della luna può farti sentire, in anticipo, compresa e perdonata.

Il mare contro gli scogli si sente molto prima di vederlo.

Perfino di notte il Mediterraneo è più blu che nero.

Se desideri evitare l'intimità fisica, la vista di un motoscafo ti procurerà sollievo, malgrado la miriade di nuovi problemi che presenta.

Se non avvengono scambi verbali tra il Partner Designato e il comandante del motoscafo, è probabile che l'incontro fosse programmato.

Un uomo noto per la sua crudeltà può nondimeno mostrare grande premura nel guidare la sua bellezza a bordo di un motoscafo beccheggiante.

Può inoltre interpretare l'esitazione di lei nel salire come un timore di cadere.

Resisti alla tentazione di chiedere dove state andando.

Sforzati, se in preda all'ansia, di tirare fuori una risatina un po' sciocca.

Individua la tua Fonte Personale di Serenità e usala.

Se la tua Fonte Personale di Serenità è la luna, sii grata per il buio e per il fatto che la luna è particolarmente luminosa.

Rifletti sui tanti motivi per i quali non puoi ancora morire:

Devi rivedere tuo marito.

Devi avere dei figli.

Devi dire alla star del cinema che ha un'ottava figlia, e che questa figlia è un'eroina.

21.

Può sembrare che la luna si muova, ma in realtà chi si muove sei tu.

Ad alta velocità, un motoscafo sbatte sulla cresta delle onde. Paura ed eccitazione sono a volte indistinguibili.

Se il comandante di un'imbarcazione corregge la rotta in base agli ordini del Partner Designato, forse non sa dove vi sta portando.

Se il Partner Designato continua ad alzare lo sguardo, è probabile che si stia orientando con le stelle.

Il Mediterraneo è abbastanza vasto da essere sembrato, un tempo, infinito.

A una bellezza non serve altro contesto che la presenza del suo Partner Designato.

Una bellezza deve dare l'impressione di apprezzare qualsiasi viaggio lui decida di intraprendere.

Simula detto apprezzamento cingendolo affettuosamente con un braccio e appoggiando la testa vicino alla sua.

Allineando la testa a quella del Partner Designato, una bellezza può seguirne la navigazione e calcolare la rotta.

Di notte, lontano dalla riva, le stelle pulsano con un'intensità impossibile da immaginare in prossimità della luce.

Dove ti trovi non sarà mai un mistero: sarai costantemente visibile sotto forma di puntino luminoso sugli schermi di chi veglia su di te.

Tu sei una tra centinaia, e ciascuna di voi è un'eroina in potenza.

La tecnologia ha offerto alle persone comuni la possibilità di brillare nel cosmo delle imprese umane.

È proprio la tua mancanza di addestramento spionistico e linguistico a consentirti di avere un background pulito e neutro.

Tu sei una persona comune che svolge un compito fuori dal comune.

Non è per credenziali o competenze che devi brillare, ma solo per coraggio ed equilibrio.

Sapere di essere una tra centinaia non deve sembrarti riduttivo.

Nel nuovo eroismo, l'obiettivo è fondersi in qualcosa di più grande del singolo individuo.

Nel nuovo eroismo, l'obiettivo è sbarazzarsi di generazioni di egocentrismo.

Nel nuovo eroismo, l'obiettivo è rinunciare all'ossessione americana della visibilità e del riconoscimento.

Nel nuovo eroismo, l'obiettivo è scavare al di sotto della tua luccicante apparenza.

Ti sorprenderà scoprire cosa c'è sotto: un profondo spazio segreto ricco di possibilità.

C'è chi paragona tale scoperta al sognare una casa a noi nota, ma provvista di ali e stanze aggiuntive.

Il potere del magnetismo individuale non è nulla, se paragonato a quello di tanti sforzi altruistici che si uniscono.

Potrai compiere imprese personali sbalorditive, ma è raro che le cittadine-agenti perseguano il riconoscimento dei loro meriti individuali.

Paragonano il bisogno di gloria personale alla dipendenza da sigarette: un vizio che dando l'impressione di aiutarti ti uccide.

Un infantile bisogno di attenzione viene di solito soddisfatto a scapito del reale potere.

Un nemico dello stato non avrebbe potuto architettare modo migliore per mantenerci inoffensivi e distratti.

Oggi il nostro ben noto narcisismo è ciò che ci permette di mimetizzarci.

22.

Dopo aver viaggiato tra gli scossoni per diverse ore, inizialmente potresti non notare che la barca si sta avvicinando a una spiaggia.

Un'unica struttura illuminata spicca nitidamente su una costa deserta.

Il silenzio dopo il rombo di un motore è un suono in sé.

Il fatto che il motoscafo riparta immediatamente indica che non tornerete tanto presto.

Conoscere la tua longitudine e la tua latitudine non equivale a sapere dove ti trovi.

Un nuovo posto isolato e sconosciuto può dare la sensazione che il precedente posto isolato e sconosciuto fosse casa tua.

Immaginarsi come un puntino luminoso su uno schermo è curiosamente rassicurante.

Essendo tuo marito un visionario nel settore della sicurezza dello stato, di tanto in tanto ha accesso a quello schermo.

Se immaginare tuo marito che segue il tuo puntino di luce ti calma, allora immaginalo.

Evita però di chiudere gli occhi mentre risali un sentierino roccioso al buio.

Alla latitudine X e longitudine Y, la flora è secca e ti si sbriciola sotto i piedi.

Una voce dall'alto indica che il vostro arrivo era atteso ed è stato osservato.

Il fatto che una spiaggia sia deserta non significa che nessuno la sorvegli.

La sorveglianza più efficace è sempre quella invisibile.

23.

Una stretta di mano formale tra il vostro nuovo ospite e il Partner Designato implica che i due non si erano mai incontrati.

Una stretta di mano formale seguita da un gesto della mano complesso e stilizzato sottintende una comune appartenenza.

Lo stesso dicasi per l'immediato ricorso a una lingua che non riconosci.

In certi uomini ricchi e potenti, l'asciuttezza del corpo pare una fonte di forza.

Il fatto che il nuovo ospite non riconosca in alcun modo la tua presenza può indicare che lui, le donne, non le vede neppure.

Se sei invisibile, non verrai sorvegliata troppo da vicino.

Il tuo compito è far dimenticare la tua presenza pur essendo presente.

Una villa bianca e scintillante in mezzo a un buio così desolato avrà l'aspetto di un miraggio.

Un uomo per il quale le donne sono invisibili può nondimeno ospitare nella sua proprietà svariate bellezze.

Queste bellezze trascurate si contenderanno le sue scarse attenzioni.

Tra le bellezze trascurate, c'è spesso una bellezza alfa che assume il ruolo di leader.

Quando entrerai in casa, il suo sguardo gelido serpeggerà tra le altre bellezze arrivando ad avvolgerti.

Come sensazione, ti ricorderà quando da bambina andavi con tua madre a trovare famiglie con due genitori e diversi figli.

Inizialmente, quel gruppetto di bambini sconosciuti sembrava impenetrabile.

Desideravi, con tutta te stessa, di avere un fratello o una sorella a darti man forte.

Sentirti in balia di chi avevi intorno ti procurava una sorta di terremoto interiore.

Il desiderio di dominare era più profondo di te stessa.

Non sei mai stata infantile, neppure da bambina.

La tua totale assenza di infantilità è una delle cose di te che tuo marito ha sempre amato.

Una volta che i nuovi bambini erano assoggettati al tuo controllo, distaccarsene era straziante.

24.

Un tavolino e delle sedie scavati nella roccia in cima a un alto e stretto promontorio sono indubbiamente riservati a conversazioni private.

Se il Partner Designato ti porta con sé in un posto del genere, può significare che col nuovo ospite non si trova esattamente a suo agio.

Se il nuovo ospite congeda la sua bellezza alfa, è possibile che vi siano da discutere questioni importanti.

Una bellezza alfa non tollererà la propria esclusione, qualora un'altra bellezza venga invece inclusa.

Se il nuovo ospite ti fa cenno di andare, tu guarda il tuo Partner Designato.

Non prendere ordini da nessuno se non dal tuo Partner Designato.

Se al cenno di congedo dell'ospite il Partner Designato continua a tenerti stretta a sé, sei diventata oggetto di un braccio di ferro.

Se il nuovo ospite ti si avvicina e ti parla dritto in faccia, è probabile che stia verificando se davvero non conosci la sua lingua.

Se senti il Partner Designato irrigidirsi accanto a te, è probabile che le parole del nuovo ospite siano offensive.

Quando diventi oggetto di contesa, cerca di disinnescare il conflitto.

Una risatina e lo sguardo di chi non capisce sono gli strumenti più affidabili di cui una bellezza dispone.

Se gli uomini si rilassano sulle rispettive sedie, il conflitto è stato disinnescato.

Il nuovo ospite ha insultato te e, per estensione, anche il tuo Partner Designato.

Il Partner Designato ha avuto la meglio nel suo sostenere che sei troppo inoffensiva per disturbarsi a mandarti via.

Congratulati con te stessa per essere riuscita a mantenere la vicinanza fisica e attiva il microfono auricolare.

25.

Quando gli altri parlano d'affari, devi proiettare una totale assenza di interesse o curiosità.

Osserva costantemente dove ti trovi.

In cima a un promontorio alto e stretto a latitudine X e longitudine Y, mare e cielo luccicano in ogni direzione.

Vi saranno momenti, durante la missione, probabilmente molto pochi, in cui percepirai l'imminenza di informazioni cruciali.

Simili momenti possono manifestarsi sotto forma di un improvviso moto di felicità.

Questa felicità può derivare dalla scoperta che la luna, dura e splendente, è ancora lassù in cielo.

Può derivare dalla consapevolezza che, una volta conclusa la missione, tornerai da quel marito che adori.

Può derivare dalla bellezza estrema della natura che ti circonda, e dalla constatazione che sei viva in questo preciso istante.

Può derivare dalla consapevolezza che hai realizzato ogni obiettivo che ti sei posta fin dall'infanzia.

Può derivare dalla consapevolezza che dopo tanto tempo hai finalmente trovato un obiettivo all'altezza delle tue considerevoli energie.

Può derivare dalla consapevolezza che, realizzando tale obiettivo, avrai contribuito a perpetuare il modello americano così come lo conosci.

Un moto di gioia può rendere difficile rimanere seduti immobili.

Attenzione agli stati d'animo – positivi o negativi – che possano oscurare ciò che ti accade intorno.

Quando due soggetti cominciano a scarabocchiare piani, è possibile che si sia passati a una fase di progettazione concreta.

Per attivare la fotocamera impiantata nel tuo occhio sinistro, devi premere il dotto lacrimale corrispondente.

In condizioni di luce scarsa, è possibile attivare un flash premendo la punta esterna del sopracciglio sinistro.

Se utilizzi il flash, ricordati sempre di coprire l'occhio non dotato di fotocamera per proteggerlo dall'accecamento temporaneo.

Non usare mai il flash in presenza di altre persone.

26.

Alzarti di colpo dalla sedia trattenendo il fiato e guardando la casa sposterà l'attenzione degli altri in quella direzione.

Il fatto di aver sentito qualcosa di inudibile agli altri ti colloca immediatamente in una posizione di autorità.

La domanda «Che c'è? Cos'hai sentito?» pronunciata dal Partner Designato vicino al tuo volto indica che il diversivo ha funzionato.

Attendi che la loro ansia di sapere rasenti la rabbia, rabbia che verrà manifestata scuotendoti per le spalle.

Quindi digli, con un filo di voce: «Ho sentito un urlo».

Gli uomini dai trascorsi violenti vivono nel terrore delle rappresaglie.

Il nuovo ospite sarà il primo ad allontanarsi nella direzione del presunto urlo.

Se il Partner Designato guarda verso il pontile in basso, i suoi interessi potrebbero non coincidere con quelli dell'ospite.

Se si concentra sul suo cellulare, forse il tuo diversivo è sfuggito di mano, minando la transazione che avresti invece dovuto registrare.

Le persone violente hanno sempre pronto un piano di fuga.

27.

È ragionevole sperare che un display retroilluminato distragga chi lo usa dal flash di una fotocamera a poca distanza.

Avvicìnati agli schizzi che desideri fotografare in modo che occupino interamente il tuo campo visivo.

Rimani perfettamente immobile.

Un flash si nota molto di più se il buio è totale.

Un'imprecazione incomprensibile seguita da un «Che cazzo è stato?» indica che il Partner Designato non era poi così assorto sul cellulare.

Una cecità luminosa, pulsante e totale indica che hai dimenticato di coprirti l'occhio sprovvisto di fotocamera.

Dissociati da qualsiasi ruolo attivo nell'episodio del flash esclamando la verità: «Non ci vedo!»

È difficile spostarsi ad alta velocità sulla cima di un promontorio quando si è ciechi.

È difficile posticipare tale spostamento quando il Partner Designato ti prende per mano e comincia a strattonarti con forza.

Un brusio in lontananza preannuncia l'avvicinamento di un motoscafo.

Un abbassamento della temperatura e una superficie in discesa indicano che avete scavalcato la cima del promontorio.

Percorrere un sentiero friabile tra la vegetazione in condizioni di cecità (e tacchi alti) ti farà presto inciampare e cadere.

Un rumore di passi che si allontanano giù per il pendio indica che hai abusato del tuo modesto valore agli occhi del Partner Designato.

Una sensazione di disorientamento e impotenza può impedirti di fare altro che rimanere a terra nel punto in cui sei caduta.

28.

Il differenziarsi delle superfici che ti circondano è il primo segno che la tua cecità temporanea sta venendo meno.

Dopo una cecità temporanea, si è particolarmente grati per il fatto di non essere ciechi.

Dopo la cecità, il progressivo affastellarsi di oggetti intorno a te può avere un che di sensuale.

Un motoscafo che si allontana a grande velocità trasmette una vibrazione che risale attraverso il suolo facendolo tremare.

La consapevolezza di essere rimasta sola e senza il tuo Partner Designato si farà strada in te in modo lento e freddo.

Ogni successivo stadio di solitudine evidenzierà come prima fossi meno sola di quanto credevi.

Questo più profondo isolamento può manifestarsi, dapprima, come una sorta di paralisi.

Se ti è di conforto stenderti a terra, stenditi a terra.

La luna brilla su ogni cosa.

La luna può sembrare espressiva come un volto umano.

Gli esseri umani possiedono uno spirito di adattamento tenace, primordiale.

Nei momenti difficili, fai ricorso allo spirito di adattamento che porti in te.

Ricorda che le mitiche imprese di cui amavi leggere da bambina non sono nulla in confronto a quanto compiuto dagli esseri umani sulla terra.

29.

La presenza di un'altra persona può essere avvertita anche qualora non venga percepita direttamente.

Scoprire la presenza di un'altra persona a breve distanza, quando credevi di essere sola, può originare paura.

Scattare in piedi da una posizione supina provoca capogiri.

«Ti vedo. Vieni avanti» va pronunciato in modo calmo e in Posizione di Preallarme.

Se manifesti paura, fai in modo di non manifestare tutta quella che provi realmente.

Quando ci si aspetta di vedere un uomo, la comparsa di una donna può risultare scioccante.

Malgrado tutto ciò che sai e che sei, tale shock può esserti di sollievo.

Un «Cosa ci fai qui?» pronunciato dalla bellezza alfa del nuovo ospite è con tutta probabilità ostile.

Rispondi alle domande astratte nel modo più letterale possibile: «Se n'è andato senza di me».

Un «Che bastardo», detto in tono risentito, suggerisce familiarità con l'esperienza dell'abbandono.

La solidarietà che arriva da una fonte inattesa può generare un'ondata di emozione.

Prima di versare anche una sola lacrima, misura i potenziali svantaggi del pianto.

Il braccio profumato di una bellezza può instillarti forza e speranza direttamente attraverso la pelle.

30.

La seconda volta che ti ci avvicini, una sontuosa villa in cima a una scogliera può sembrare ancora più simile a un miraggio.

Mantenere un'atmosfera di lusso in un luogo isolato richiede un'enorme quantità di denaro.

Lo stesso dicasi per la violenza organizzata.

Il tuo compito è seguire il denaro risalendo alla fonte.

Un uomo potente il cui socio si è dileguato in seguito a un falso allarme difficilmente sarà di buonumore.

È invece probabile che, vedendo apparire la bellezza abbandonata dal socio scomparso, rimanga sorpreso.

Vedere lo stupore su un viso è sempre appagante.

Una frase come «Dove cazzo è andato?» è straordinariamente facile da decifrare, anche in una lingua che non riconosci.

Chiunque capisce una scrollata di spalle.

L'assoluta indifferenza di una bellezza alfa alla costernazione del suo partner può indicare che questi si costerna facilmente.

Può inoltre significare che non è il suo partner.

In qualità di bellezza, dovrai talvolta passare di mano in mano.

Di solito passerai dalle mani di un uomo meno potente a quelle di un uomo più potente.

Guadagnare una maggiore vicinanza alla fonte del denaro e del controllo significa fare progressi.

Il tuo compito rimane lo stesso indipendentemente da chi ti abbia in mano.

Se a suscitare l'interesse di un soggetto nemico è stato il tuo apparire vulnerabile e indifesa, accentua tali tratti.

Avere le gambe graffiate e sporche può aumentare la parvenza di vulnerabilità fino a provocare disgusto.

Può però anche procurarti una doccia calda.

31.

Nelle case dei ricchi violenti ci sono ottimi armadietti di pronto soccorso.

Se dopo esserti medicata i graffi ti mostrano una zona bagno con tanto di cascata di rocce, stai pure certa che non rimarrai sola a lungo.

Il fatto che un uomo ti abbia prima ignorato e poi insultato non implica che non ti si voglia scopare.

Gli uomini snelli e potenti si muovono spesso con rapidità felina.

Avvia il conto alla rovescia con buon anticipo: mentre lui si cala nella vasca.

Quando ti afferra il braccio, dovresti essere già al cinque.

Quando ti spinge la fronte contro una roccia, dovresti avere del tuo corpo soltanto una percezione vaga, dall'alto.

32.

Se tornando nel tuo corpo hai la sensazione che sia trascorso molto tempo, non chiederti quanto.

Se hai gli arti indolenziti e avverti un bruciore sulla fronte escoriata, non chiederti perché.

Riemergendo da un idromassaggio caldo durato una quantità di tempo imprecisata, aspettati di sentirti debole e malferma sulle gambe.

Ricordati che non riceverai alcun pagamento, in valuta o d'altro tipo, per questo o qualsiasi altro atto tu abbia compiuto.

Questi atti sono forme di sacrificio.

Grandi quantità di accappatoi semitrasparenti fanno pensare che a occupare il bagno in questione siano spesso donne.

Un prendisole bianco sudicio e strappato può sembrare insolitamente prezioso, quando è tutto ciò che hai.

Tieni con te le cose che ti servono: non tornerai a prenderle.

La presenza di un domestico davanti alla porta del bagno indica che non ci si è dimenticati di te.

Se il domestico ti porta in una stanza minuscola con un letto molto grande, la tua utilità per il nuovo ospite non si è esaurita.

Un vassoio contenente una quiche di carne, dell'uva e una caraffa d'acqua fa pensare che visite come la tua siano la norma.

A volte preferirai evitare la luna.

A volte la luna potrà sembrarti un dispositivo di sorveglianza che segue tutti i tuoi movimenti.

La capacità di dormire in condizioni di stress è essenziale per questo lavoro.

Dormi ogniqualvolta potrai farlo in tutta sicurezza.

33.

Un brusco risveglio può sembrarti la reazione a un suono.

Nei momenti di solitudine estrema, può sembrarti di sentir pronunciare il tuo nome.

Evocare nei sogni le persone che amiamo e che ci mancano è un modo per rassicurarci.

Se svegliandoci ne constatiamo l'assenza, possiamo tuttavia conservare la sensazione di aver parlato con loro.

Anche le abitazioni più sicure raggiungono, nel cuore della notte, uno stato di relativa incoscienza.

Una bellezza in accappatoio lavanda semitrasparente può andare dove vuole, a patto che dia l'impressione di doversi consegnare a qualcuno.

34.

Un principio universale dell'edilizia abitativa rende possibile indovinare quale sia la porta della camera da letto padronale.

Gli armadi praticabili, con le porte chiuse, possono somigliare a camere da letto padronali.

Anche i bagni.

Su un pavimento di pietra, i piedi nudi praticamente non producono suono.

Anche un uomo snello e dalle movenze feline può russare.

Quando ti introduci nella camera da letto di un uomo addormentato, dirigiti subito verso il suo letto, come se lo stessi cercando.

Una bellezza alfa che non mostrava di avere legami con il tuo nuovo ospite potrebbe a conti fatti rivelarsi sua intima.

Il loro dormire avvinghiati potrebbe contraddire tutti gli atteggiamenti reciproci che gli hai visto assumere finora.

Una piccola culla accanto al letto può indicare la presenza di un neonato.

Evita di indugiare sul tuo stupore: è uno spreco di tempo.

Nelle case lussuose, le camere da letto padronali sono spesso suddivise in zone per «lui» e per «lei».

Il guardaroba di una bellezza è inconfondibile come una faretra di frecce luminose.

Il guardaroba di un uomo snello e dalle movenze feline sarà di solito compatto.

Una volta penetrata nello spazio personale di un uomo, cerca immediatamente il suo Punto Debole.

Il Punto Debole è quello dove si svuota le tasche alla fine di una giornata e deposita gli oggetti essenziali per affrontare la successiva.

Il Punto Debole di un uomo riservato e furtivo come un gatto si troverà il più delle volte in un armadio o in un cassetto.

Quando lo trovi, valuta la possibilità di ricorrere a un Picco Dati per prelevare il contenuto del suo cellulare.

Il Picco Dati va usato con estrema cautela, e solo se si è sufficientemente sicuri che il risultato sarà eccezionale.

Per dipanare la quantità di informazioni raccolte occorrerà una quantità di lavoro enorme.

La sua trasmissione sarà individuabile da qualsiasi dispositivo di sorveglianza.

Possiamo garantirne la riuscita una sola volta.

35.

Estrai il Connettore Dati dalla Porta Universale che ti è stata impiantata fra il 4° e il 5° dito del piede destro (se usi la destra).

Il connettore è collegato a un filo dotato di uno spinotto da inserire nella porta dati del cellulare.

Siediti per terra, lontano da superfici taglienti, e appoggia la schiena contro una parete.

Nella tua Porta Universale è ripiegato un nastrino rosso. Stringilo nel palmo di una mano.

Allarga le dita dei piedi e reinserisci delicatamente il connettore, ora unito al cellulare del soggetto, nella Porta Universale.

I dati cominceranno a riversarsi nel tuo corpo, e lì percepirai il picco.

Il picco può contenere emozioni, ricordi, caldo, freddo, desiderio, dolore, perfino gioia.

Pur trattandosi dei dati di un estraneo, i ricordi smossi saranno i tuoi:

Sbucciare un'arancia a letto per tuo marito una domenica, le lenzuola inondate di sole;

L'odore fumoso, come di terra, del pelo del gatto che avevi da bambina;

Il sapore delle mentine che tua madre teneva per te nella sua scrivania.

L'impatto di un Picco Dati può indurre la perdita dei sensi o della memoria a breve termine.

Il nastrino rosso serve per orientarti: se ti svegli stringendone uno, devi guardarti i piedi.

Quando il tuo corpo si calma, scollega il connettore e rimettilo nella posizione iniziale.

36.

Un Picco Dati ti lascia un fischio nelle orecchie che può coprire il rumore dell'arrivo di un'altra persona.

Un viso che già una volta ti ha procurato sollievo può innescare sollievo anche la seconda volta.

Quando una bellezza alfa ti si rivolge ad alto volume in una lingua ignota, può voler dire che è troppo assonnata per ricordare chi sei.

Può anche voler dire che sta chiamando qualcun altro.

Lo status di bellezza non giustifica, per un'altra bellezza, la tua presenza in un luogo dove non dovresti trovarti.

Qualora fossi percepita come nemica, preparati a difenderti al primo segno di sconfinamento fisico.

Che il tuo nuovo ospite si lanci verso di te urlando «Cosa cazzo stai facendo?» si configura come sconfinamento fisico.

Spingendo il gomito verso l'alto, nell'incavo morbido sotto la sua mandibola, fallo cadere per terra all'indietro.

Il pianto di un neonato distoglierà la madre quasi da tutto, comprese le traversie fisiche del suo partner.

Un uomo incapacitato da una gomitata avrà ben poche reazioni al pianto di un bambino.

37.

Scoprendoti esperta nelle arti marziali, un uomo che ti ha creduto una semplice bellezza ricalcolerà la tua identità e i tuoi obiettivi.

Osserva i suoi occhi: starà misurando la distanza tra sé e la più vicina arma da fuoco.

È consigliabile allontanarsi immediatamente.

Un uomo snello e dalle movenze feline può tranquillamente rialzarsi senza lasciarti il tempo di allontanarti.

Ostacolare la traiettoria di un uomo violento verso la sua arma da fuoco quasi sempre darà luogo a un altro sconfinamento fisico.

Colpirlo con un calcio sulla parte anteriore del collo, anche a piedi nudi, gli occluderà temporaneamente la trachea.

La bellezza alfa di un uomo violento saprà dove lui tiene l'arma, e come usarla.

Una donna che stringe una pistola e un neonato non si qualifica più come bellezza.

Nessuna bellezza è realmente una bellezza.

Neutralizzare una persona armata è probabile che arrechi danno anche al bambino che regge in braccio.

Quando a imporre di fare del male a un innocente sono motivi di autoconservazione, non possiamo fornire che delle indicazioni generali.

Essendo americani, per noi i diritti dell'uomo vengono prima di tutto il resto, e non ne possiamo autorizzare la violazione.

Quando qualcuno minaccia i *nostri* diritti umani, tuttavia, si rende necessario uno spazio di manovra più ampio.

Segui l'istinto, tenendo a mente che dobbiamo aderire ai nostri princìpi, e vi aderiremo.

Una donna che con un braccio stringe un neonato scalciante può avere problemi a puntare un'arma da fuoco con l'altro.

È vero che negli spazi chiusi i proiettili fischiano.

Se una persona ti ha sparato mancandoti, neutralizzala prima che possa sparare di nuovo.

Più che a chiunque altro, esitiamo nel fare del male a chi ci ricorda noi stessi.

38.

C'è un intervallo di tempo tra il momento in cui ti sparano e quello in cui ti accorgi che ti hanno sparato.

Posto che non vi siano arterie interessate, le ferite agli arti superiori sono preferibili.

Le parti del corpo ricche di ossa e tendini sanguinano meno, ma sono più difficili da ricostruire una volta distrutte.

La spalla destra è una parte del corpo ricca di ossa e tendini.

Quando vengono sparati dei colpi nella dimora di un uomo

potente, hai pochi minuti, se non pochi secondi, prima che arrivi la sicurezza.

La tua persona fisica costituisce la nostra Scatola Nera. Senza, non ci rimane traccia di quanto accaduto durante la missione.

È fondamentale che tu sfugga dalle mani del nemico.

Quando ti trovi con le spalle al muro e in minoranza numerica puoi scatenare, come risorsa estrema, l'Urlo Primario.

L'Urlo Primario è l'equivalente umano di un'esplosione, un suono a metà strada tra un grido di pancia, uno strillo acuto e un ululato.

L'Urlo dev'essere accompagnato da contorsioni del volto e movimenti frenetici del corpo che suggeriscano uno stato ferino, fuori controllo.

L'Urlo Primario deve trasformarti da bellezza in mostro.

L'obiettivo è far inorridire l'avversario, di quell'orrore che le persone fidate divenute malvagie suscitano nei film e negli incubi.

Mentre Urli, aziona ripetutamente il flash.

Di fronte a un mostro che ulula, si dimena e spara luce, le donne con in braccio un neonato di solito si fanno da parte.

Interrompi l'Urlo nell'istante in cui ti liberi dall'imminenza del pericolo.

Chi corre in aiuto di un uomo potente noterà a malapena una bellezza scarmigliata in corridoio.

Se sei fortunata, questo ti farà guadagnare il tempo necessario a fuggire dalla casa dell'uomo potente.

Correndo, torna a essere una bellezza: lisciati i capelli e copriti la ferita sanguinante col prendisole appallottolato che porti in tasca.

Il fatto che tu non senta allarmi non significa che non ne abbia fatti scattare.

39.

Dopo la violenza in uno spazio chiuso, l'aria fresca della notte ti schiarirà le idee.

Raggiungi i piedi di una collina in qualsiasi modo, anche scivolando e rotolando.

Nelle dimore dei ricchi violenti, ci sarà almeno una guardia in ogni punto d'uscita.

Nel cuore della notte, se sei estremamente fortunata (e silenziosa), quella guardia si sarà addormentata.

Assumi, meglio che puoi, l'aria della bellezza che sgambetta giocosa.

Se correre a piedi nudi su un molo ti riporta con la mente

all'infanzia, è possibile che il dolore ti stia procurando allucinazioni.

Stesa con le amiche su un molo tiepido a nord di New York a guardare le stelle cadenti: dopo tanti anni, ricordi ancora quella sensazione.

Ripensare alle cose a posteriori crea l'illusione che tutta la vita ci abbia portato inevitabilmente al momento che stiamo vivendo.

È più facile credere a un finale già scritto che accettare il fatto che le nostre vite siano governate dal caso.

Presentarsi a una lezione di robotica per errore, sbagliando aula, è un caso.

Trovare un posto a sedere vuoto accanto a un ragazzo con la pelle molto scura e delle mani bellissime è un caso.

Quando per te qualcuno è diventato essenziale, ti stupisci di essere potuta stare distesa su un molo ancora tiepido senza ancora conoscerlo.

Sappi che reimmergerti nella tua vecchia vita sarà difficile.

Le esperienze lasciano un segno, indipendentemente dalle ragioni e dai principi su cui si basano.

Ciò di cui le nostre cittadine-agenti hanno bisogno, il più delle volte, è semplicemente che il tempo passi.

I nostri consulenti sono a disposizione 24 ore su 24 per le prime due settimane di reimmersione, e successivamente in orari d'ufficio.

Vi chiediamo di consentire ai nostri Agenti Terapeutici, anziché ai comuni medici, di assistervi in base alle vostre esigenze.

Ciò che facciamo si basa sulla segretezza, e dobbiamo chiedervi estrema discrezione.

40.

Neppure doti da nuotatrice sovrumane possono farti attraversare per intero un mare nero-blu.

Non può fartelo attraversare il fatto di fissarlo con smaniosa ferocia dalla punta di un molo.

Quando al tuo corpo sono stati forniti poteri eccezionali, è scioccante incontrare un abisso tra i tuoi desideri e le tue capacità.

Da millenni, gli ingegneri mettono in grado gli esseri umani di compiere imprese mitiche.

Tuo marito è un ingegnere.

I bambini cresciuti in mezzo agli animali selvatici imparano a individuare i movimenti anomali nel paesaggio.

Questa particolare sensibilità, unita al genio scientifico, ha fatto di tuo marito un eroe della sicurezza dello stato.

Vivere in intimità con un altro essere umano può insegnarti a osservare ciò che ti circonda così come lo farebbe lui.

Lungo una costa rocciosa, il movimento anomalo è quello di un oggetto che ondeggia a ritmo con l'acqua sotto delle frasche sporgenti.

Con tutta probabilità, un motoscafo nascosto dal tuo nuovo ospite come mezzo di fuga in caso di emergenza.

La chiave sarà all'interno.

41.

Scivola tra i rami e sali a bordo dell'imbarcazione. Slegala e cala il motore nell'acqua.

Sii grata per quei laghi a nord di New York, dove hai imparato a pilotare un motoscafo.

Ravviati i capelli con il braccio funzionante e tenta di fare un sorriso grande e spensierato.

Il sorriso è come uno scudo: ti immobilizza il viso in una maschera di muscoli dietro la quale puoi nasconderti.

Un sorriso è come una porta aperta e chiusa al tempo stesso.

Gira la chiave e dai gas al motore una sola volta, quindi punta verso il mare nero-blu accelerando al massimo.

Saluta con la mano e ridi forte passando davanti alla guardia esterrefatta e insonnolita.

Vira seguendo una rotta a zigzag fino a quando non sarai più a portata di sparo.

42.

All'esultanza della fuga seguirà quasi immediatamente un'ondata di dolore straziante.

La casa, i suoi occupanti, perfino gli spari sembreranno fantasmi, davanti a questa fragorosa immediatezza.

Se il dolore ti rende impossibile pensare, concentrati esclusivamente sulla navigazione.

Noi siamo in grado di intervenire soltanto in alcuni specifici Punti Caldi geografici.

Navigando verso un Punto Caldo, invia il segnale d'emergenza premendo ininterrottamente il pulsante dietro il tuo ginocchio per 60 secondi.

Devi rimanere cosciente.

Se può aiutarti, pensati tra le braccia di tuo marito.

Se può aiutarti, pensati nel vostro appartamento, dove il pugnale da caccia di suo nonno è esposto in una teca di plexiglas.

Se può aiutarti, pensa di raccogliere i piccoli pomodori che d'estate coltivi sulla vostra scala antincendio.

Se può aiutarti, pensa che i contenuti del Picco Dati contribuiranno a sventare un attentato in cui sarebbero morti migliaia di americani.

Anche senza nessuna forma di potenziamento artificiale delle proprie capacità, si può pilotare un'imbarcazione in stato semicosciente.

Gli esseri umani sono sovrumani.

Fatti guidare dalla luna e dalle stelle.

43.

Raggiunta approssimativamente la posizione di un Punto Caldo, spegni il motore.

Ti ritroverai in un buio e in un silenzio assoluti.

Se lo desideri, puoi stenderti sul fondo del motoscafo.

Il fatto che tu ti senta morire non significa che morirai.

Ricorda che, se dovessi morire, il tuo corpo restituirà comunque una miniera di informazioni cruciali.

Ricorda che, se dovessi morire, le tue Istruzioni Operative conterranno il registro della missione e le indicazioni per chi ti succederà.

Ricorda che, se dovessi morire, il semplice fatto di essere riuscita a consegnarci la tua persona fisica costituirà il tuo trionfo.

Il movimento della barca sull'acqua ti ricorderà quello di una culla.

Ricorderai tua madre che ti cullava tenendoti in braccio da bambina.

Ricorderai che ti ha sempre amato intensamente e con tutta se stessa.

Scoprirai di averla perdonata.

Comprenderai che ti ha tenuto nascosta l'identità di tuo padre perché convinta che il suo inesauribile amore ti sarebbe bastato.

Il desiderio di dire a tua madre che la perdoni è un altro dei motivi per cui devi arrivare a casa viva.

Pur non essendo in grado di aspettare, dovrai farlo.

Non possiamo dirti in anticipo da che direzione proverranno i soccorsi.

Possiamo solo garantirti che non abbiamo mai fallito nel recuperare una cittadina-agente, viva o morta, che avesse raggiunto un Punto Caldo.

44.

Nei Punti Caldi non fa caldo.

Anche una notte tiepida diventa gelida, sul fondo bagnato di una barca.

Le stelle sono sempre al loro posto, sparpagliate e luccicanti.

Guardare il cielo dal basso può darti la sensazione di fluttuare, sospesa, guardandolo dall'alto.

L'universo sembrerà galleggiare sotto di te nel suo latteo e baluginante mistero.

Solo notando una donna identica a te, raggomitolata e sanguinante sul fondo di una barca, capirai cos'è successo.

Hai avviato la Tecnica Dissociativa senza volerlo.

Non corri alcun pericolo.

Privata del dolore, puoi veleggiare libera nel cielo notturno.

Privata del dolore, puoi realizzare il sogno di volare che coltivavi da bambina.

Tieni sempre sott'occhio il tuo corpo: se la mente perde di vista il corpo, potrebbe poi essere difficile – se non impossibile – riunirli.

Mentre fluttui nel cielo notturno, potresti percepire tra le raffiche di vento un suono ritmico e continuo.

Il rumore di un elicottero è intrinsecamente minaccioso.

Un elicottero a luci spente è una creatura a metà strada tra un pipistrello, un uccello e un insetto mostruoso.

Resisti all'impulso di fuggire da quell'apparizione: è venuta a salvarti.

45.

Sappi che, rientrando nel tuo corpo, accetti di essere nuovamente devastata dal dolore fisico.

Sappi che, rientrando nel tuo corpo, accetti di intraprendere una scioccante reimmersione in una vita alterata.

Ci sono cittadine-agenti che hanno deciso di non tornare.

Hanno abbandonato i loro corpi, e ora brillano splendidamente nel cielo.

Nel nuovo eroismo, l'obiettivo è trascendere i dolori e gli amori meschini della vita individuale in favore di un'abbagliante collettività.

Puoi immaginare che le stelle pulsanti siano gli spiriti eroici delle agenti-bellezze del passato.

Puoi immaginare il cielo come un vasto schermo costellato dai loro puntini di luce.

46.

Se desideri rientrare nel tuo corpo, è essenziale che tu lo raggiunga prima dell'elicottero.

Se può aiutarti, conta alla rovescia.

All'otto, dovresti essere abbastanza vicina da vederti i piedi nudi e sporchi.

Al cinque, dovresti essere abbastanza vicina da vedere il vestito insanguinato in cui è avvolta la tua spalla.

Al tre, dovresti essere abbastanza vicina da vedere le fossette per cui ti facevano i complimenti da bambina.

Al due, dovresti udire il lieve lamento del tuo respiro.

47.

Una volta rientrata nel tuo corpo, osserva la lenta e sussultante discesa dell'elicottero.

Può apparire come lo strumento di un mondo puramente meccanico.

Può sembrare che sia venuto a distruggerti.

Può essere difficile credere che al suo interno vi siano degli esseri umani.

Non lo saprai per certo fino a quando non li vedrai, accovacciati lassù, con la tensione della speranza sul viso, pronti a saltare.

INDICE

Introduzione   p. 5

Scatola nera   p. 9

TITOLI DI CODA

Scatola nera
di Jennifer Egan

traduzione	Matteo Colombo
revisione della traduzione	Martina Testa
impaginazione	Enrica Speziale
correzione delle bozze	Assunta Martinese
progetto grafico	Riccardo Falcinelli
stampa	Arti Grafiche La Moderna
promozione e distribuzione	Messaggerie Libri

al momento in cui questo libro va in stampa
lavorano a minimum fax
con Marco Cassini e Daniele di Gennaro:

direttore editoriale	Martina Testa
direttore commerciale	Piero Rocchi
ufficio stampa	Alessandro Grazioli
	Rossella Innocentini
editor collana Nichel	Nicola Lagioia
editor collana Indi	Christian Raimo
redazione	Dario Matrone
	Enrica Speziale
ufficio diritti	Lorenza Pieri
redazione web	Valentina Aversano
amministrazione	Lotto 49

rapporti con le librerie	Antonia Conti
responsabile magazzino	Costantino Baffetti
libreria minimum fax	Marilena Castiglione
	Francesca De Cesare
	Andrea Esposito
	Davide Manni
organizzazione corsi	Lotto 49
minimum fax live	Mattia Cianflone

È consigliabile allontanarsi immediatamente.

www.minimumfax.com

Sotterranei

1. Lawrence Ferlinghetti *Scene italiane. Poesie inedite*
2. Lawrence Ferlinghetti *Non come Dante. Poesie 1990-1995*
3. Raffaele La Capria *L'apprendista scrittore. Saggi in forma di racconto*
4. Gino Castaldo *La mela canterina. Appunti per un sillabario musicale*
5. Francesco Apolloni *Passo e chiudo. Diario di un giovane violento*
6. Tess Gallagher *L'amante dei cavalli. Racconti*
7. Pasquale Panella *La Corazzata. Romanzo*
8. Aa.Vv. *Smettila di piangere. Racconti di scrittrici irlandesi*
9. Lawrence Ferlinghetti *Lei. Romanzo*
10. Allen Ginsberg *Da New York a San Francisco. Poetica dell'improvvisazione*
11. Raymond Carver *Il nuovo sentiero per la cascata. Poesie*
12. Attilio Del Giudice *Morte di un carabiniere. Romanzo*
13. John Banville *La lettera di Newton. Romanzo*
14. Raymond Carver *Voi non sapete che cos'è l'amore. Saggi, poesie, racconti*
15. Lawrence Ferlinghetti *Poesie vecchie & nuove*
16. Chet Baker *Come se avessi le ali. Le memorie perdute*
17. Gus Van Sant *Pink*
18. Pasquale Panella *Oggetto d'amore*
19. David Foster Wallace *Una cosa divertente che non farò mai più*
20. Raymond Carver, Tess Gallagher *Dostoevskij. Una sceneggiatura*
21. Lawrence Ferlinghetti *Routines*
22. Charles Bukowski *Tutto il giorno alle corse dei cavalli e tutta la notte alla macchina da scrivere*
23. Lawrence Ferlinghetti *Strade sterrate per posti sperduti*
24. David Foster Wallace *Tennis, tv, trigonometria, tornado (e altre cose divertenti che non farò mai più)*
25. Laurent de Wilde *Thelonious Monk himself. Una biografia*
26. Tess Gallagher *Io & Carver. Letteratura di una relazione*
27. Pete Townshend *Fish & chips e altri racconti*
28. Charles Bukowski *Urla dal balcone. Lettere. Volume primo (1959-1969)*
29. Lawrence Ferlinghetti *Il senso segreto delle cose*
30. Viktor Pelevin *La vita degli insetti*
31. Mark Costello, David Foster Wallace *Il rap spiegato ai bianchi*
32. Suzanne Vega *Solitude Standing. Racconti, poesie e canzoni inedite*
33. Thom Jones *Sonny Liston era mio amico. Racconti*
34. John Lennon *Live! Un'autobiografia dal vivo*
35. Charles Bukowski *Si prega di allegare dieci dollari per ogni poesia inviata*
36. David Foster Wallace *Verso Occidente l'Impero dirige il suo corso*
37. Jonathan Lethem *L'inferno comincia nel giardino*

38. Miles Davis e Quincy Troupe *Miles. L'autobiografia*
39. Thom Jones *Il pugile a riposo. Racconti*
40. A.M. Homes *La sicurezza degli oggetti*
41. Aa. Vv. *Burned Children of America*
42. Charles Bukowski *Birra, fagioli, crackers e sigarette. Lettere. Volume secondo (1970-1979)*
43. Dmitri Bakin *Terra d'origine*
44. Charles Bukowski *Evita lo specchio e non guardare quando tiri la catena*
45. Jonathan Lethem *A ovest dell'inferno*
46. Aimee Bender *Un segno invisibile e mio*
47. Matthew Klam *Questioni delicate che ho affrontato dall'analista*
48. Colson Whitehead *John Henry Festival*
49. Donald Antrim *Votate Robinson per un mondo migliore*
50. Charles Bukowski *Seduto sul bordo del letto mi finisco una birra nel buio*
51. Julia Slavin *La donna che si tagliò la gamba al Maidstone Club*
52. Thom Jones *Ondata di freddo*
53. Charles Bukowski *Spegni la luce e aspetta*
54. David Means *Episodi incendiari assortiti*
55. Jonathan Lethem *Amnesia Moon*
56. Leonard Cohen *L'energia degli schiavi*
57. Lou Reed *The Raven*
58. Ethan Hawke *Mercoledì delle Ceneri*
59. A.M. Homes *Cose che bisognerebbe sapere*
60. Charles Bukowski *Santo cielo, perché porti la cravatta?*
61. Aa. Vv. *New British Blend. Il meglio della nuova narrativa inglese*
62. Aa. Vv. *West of your cities. Nuova antologia della poesia americana*
63. David Foster Wallace *La ragazza dai capelli strani*
64. Shelley Jackson *La melancolia del corpo*
65. Ani DiFranco *self evident. poesie e disegni*
66. Charles Bukowski *Quando mi hai lasciato mi hai lasciato tre mutande*
67. Enrico Rava e Alberto Riva *Note necessarie. Come un'autobiografia*
68. Lydia Davis *Pezzo a pezzo*
69. Rick Moody *La più lucente corona d'angeli in cielo*
70. Steven Sherrill *Il Minotauro esce a fumarsi una sigaretta*
71. Ali Smith *Hotel world*
72. Louis Armstrong *Satchmo. La mia vita a New Orleans*
73. Peter Orner *Esther stories*
74. Suzanne Vega *Giri di parole. Note di musica e scrittura*
75. Charles Bukowski *I cavalli non scommettono sugli uomini (e neanche io)*
76. A.M. Homes *Jack*
77. Donald Antrim *I cento fratelli*
78. Aa. Vv. *The best of McSweeney's. Volume primo*
79. Chris Bachelder *Orso contro Squalo. Il romanzo*
80. Lester Bangs *Guida ragionevole al frastuono più atroce*

81. Sam Lipsyte *Venus Drive*
82. Charles Bukowski *Sotto un sole di sigarette e cetrioli*
83. Ray Charles con David Ritz *Brother Ray. L'autobiografia*
84. Aa. Vv. *Songwriters. Interviste sull'arte di scrivere canzoni. Volume primo*
85. Rick Moody *The James Dean Garage Band*
86. Jonathan Lethem *Men and cartoons*
87. Ali Smith *Altre storie (e altre storie)*
88. Véronique Ovaldé *Gli uomini in generale mi piacciono molto*
89. Sarah Vowell *Take the cannoli. Cronache dall'America vera*
90. A.M. Homes *La fine di Alice*
91. Viken Berberian *Il ciclista*
92. Sergej Šargunov *La punizione*
93. Steven Sherrill *La ragazza annegata*
94. Lester Bangs *Deliri, desideri e distorsioni*
95. A.L. Kennedy *Gesti indelebili*
96. Charles Bukowski *Il primo bicchiere, come sempre, è il migliore*
97. Olivier Adam *Passare l'inverno*
98. James Brown *I feel good. L'autobiografia*
99. Sam Lipsyte *Il bazooka della verità*
100. Kurt Vonnegut *Un uomo senza patria*
101. Mark Strand *Il futuro non è più quello di una volta*
102. Philippe Vasset *Il generatore di storie*
103. Rick Moody *Cercasi batterista, chiamare Alice*
104. Isaac Asimov *I racconti dei Vedovi Neri*
105. Aimee Bender *Creature ostinate*
106. Charles D'Ambrosio *Il museo dei pesci morti*
107. Lewis Porter *Blue Trane. La vita e la musica di John Coltrane*
108. A.L. Kennedy *Stati di grazia*
109. Kevin Canty *Tenersi la mano nel sonno*
110. Olivier Adam *Scogliera*
111. Jonathan Lethem *Memorie di un artista della delusione*
112. Nick Laird *La banda delle casse da morto*
113. Aa. Vv. *United Stories of America. 21 scrittori per il 21° secolo*
114. Aa. Vv. *Rock Notes. I grandi songwriters si raccontano*
115. Isaac Asimov *Dodici casi per i Vedovi Neri*
116. Véronique Ovaldé *Stanare l'animale*
117. Todd Hasak-Lowy *Non parliamo la stessa lingua*
118. Donald Antrim *Il verificazionista*
119. Olivier Adam *Stai tranquilla, io sto bene*
120. Duke Ellington *La musica è la mia signora. L'autobiografia*
121. Lester Bangs *Impubblicabile!*
122. Charles D'Ambrosio *Il suo vero nome*
123. Aa. Vv. *Non vogliamo male a nessuno. I migliori racconti della rivista McSweeney's. Volume secondo*

124. Kathryn Davis *Il luogo sottile*
125. Rick Moody *Tre vite*
126. Olivier Adam *Peso leggero*
127. Isaac Asimov *I banchetti dei Vedovi Neri*
128. Count Basie con Albert Murray *Good morning blues. L'autobiografia*
129. Peter Orner *Un solo tipo di vento*
130. A.L. Kennedy *Day*
131. George Saunders *Il megafono spento. Cronache da un mondo troppo rumoroso*
132. Leonard Cohen *Confrontiamo allora i nostri miti*
133. Angela Pneuman *Rimedi casalinghi*
134. Todd Hasak-Lowy *Prigionieri*
135. John O'Brien *Via da Las Vegas*
136. Isaac Asimov *Gli enigmi dei Vedovi Neri*
137. A.L. Kennedy *Geometria notturna*
138. Dizzy Gillespie con Al Fraser *To be or not to bop. L'autobiografia*
139. Adam Mansbach *La fine degli ebrei*
140. Véronique Ovaldé *E il mio cuore trasparente*
141. Leonard Cohen *Le spezie della terra*
142. Ethan Hawke *L'amore giovane*
143. George Saunders *Nel paese della persuasione*
144. John O'Brien *Lezioni di strip-tease*
145. Ben Ratliff *Come si ascolta il jazz*
146. Zadie Smith *Cambiare idea*
147. Nick Laird *L'errore di Glover*
148. Georgina Harding *Il gioco delle spie*
149. Kevin Canty *Dove sono andati a finire i soldi*
150. Sam Lipsyte *Chiedi e ti sarà tolto*
151. Richard Cook *Blue Note Records. La biografia*
152. Stewart Copeland *Strange Things Happen. La mia vita con i Police, il polo e i pigmei*
153. Leonard Cohen *Parassiti del paradiso*
154. David Lipsky *Come diventare se stessi. David Foster Wallace si racconta*
155. Aimee Bender *L'inconfondibile tristezza della torta al limone*
156. Jennifer Egan *Il tempo è un bastardo*
157. Robin D.G. Kelley *Thelonious Monk. Storia di un genio americano*
158. Catherine O'Flynn *Ultime notizie da casa tua*
159. James Franco *In stato di ebbrezza*
160. Mary McCarthy *Gli uomini della sua vita*
161. Leonard Cohen *Morte di un casanova*
162. Aimee Bender *La ragazza con la gonna in fiamme*
163. Diego Fischerman e Abel Gilbert *Piazzolla. La biografia*
164. Jennifer Egan *Guardami*
165. Tom Waits *Il fantasma del sabato sera. Interviste sulla vita e la musica*

166. Dana Spiotta *Versioni di me*
167. A.B. Spellman *Quattro vite jazz*
168. Mary McCarthy *Ricordi di un'educazione cattolica*
169. Ben Fountain *È il tuo giorno, Billy Lynn!*
170. Leonard Cohen *Libro della misericordia*
171. David Foster Wallace *Un antidoto contro la solitudine. Interviste e conversazioni*
172. George Saunders *Dieci dicembre*
173. John F. Szwed *Space is the place. La vita e la musica di Sun Ra*
174. Jennifer Egan *Scatola nera*

Mini – I tascabili di minimum fax

1. Kurt Vonnegut *Dio la benedica, dottor Kevorkian*
2. Raymond Carver *America oggi*
3. Isaac Asimov *Dodici casi per i Vedovi Neri*
4. Giorgio Vasta *Il tempo materiale*
5. Fabio Stassi *È finito il nostro carnevale*
6. Gianni Mura *La fiamma rossa. Storie e strade dei miei Tour*
7. Donald Antrim *Votate Robinson per un mondo migliore*
8. Matthew Klam *Questioni delicate che ho affrontato dall'analista*
9. Valeria Parrella *Mosca più balena*
10. Lester Bangs *Guida ragionevole al frastuono più atroce*
11. Isaac Asimov *I racconti dei Vedovi Neri*
12. Domenico Starnone *Fare scene. Una storia di cinema*
13. Jim Carroll *Jim entra nel campo di basket*
14. David Means *Episodi incendiari assortiti*
15. Raymond Carver *Orientarsi con le stelle. Tutte le poesie*
16. Leonard Cohen *Il gioco preferito*
17. Paolo Cognetti *Una cosa piccola che sta per esplodere*
18. Zadie Smith *Cambiare idea*
19. Donald Antrim *Il verificazionista*
20. Nicola Lagioia *Tre sistemi per sbarazzarsi di Tolstoj (senza risparmiare se stessi)*

Di prossima pubblicazione:

21. Angela Davis *Autobiografia di una rivoluzionaria*
22. Lester Bangs *Deliri, desideri e distorsioni*

Questo libro è stampato su carte dotate di certificazione FSC.
Per il testo: carta Musa delle cartiere Burgo.
Per il rivestimento e i risguardi: carta Sirio delle cartiere Fedrigoni.
Per la sovraccoperta: carta Symbol Freelife Satin delle cartiere Fedrigoni.

finito di stampare nell'ottobre 2013
presso Arti Grafiche La Moderna – Roma
per conto delle edizioni minimum fax

ristampa   anno

10 9 8 7 6 5 4 3 2 1   2013 2014 2015 2016